Peyo
CREATIONS

LES SCHTROUMPFS
& LE VILLAGE DES FILLES

3 Le Corbeau

SCÉNARIO : Luc Parthoens et Thierry Culliford
DESSIN : Alain Maury
COULEURS : Paolo Maddaleni

LE LOMBARD
BRUXELLES

Première édition

Représenté par :
I.M.P.S. s.a.
Rue du Cerf 85
1332 Genval
Belgique

D/2019/0086/399
ISBN 978-2-8036-7314-8

Dépôt légal : octobre 2019
Achevé d'imprimer en septembre 2019.
Imprimé et relié en France par PPO GRAPHIC,
Rue de la Croix Martre 10, 91120 Palaiseau.

LES ÉDITIONS DU LOMBARD
7, AVENUE PAUL-HENRI SPAAK
1060 BRUXELLES - BELGIQUE

HA! HA!HA!
CROÂÀÀ!
Ce soir-là, d'étranges bruits s'échappent de la masure de Gargamel.
Regarde, Azraël! On ne le dirait pas, mais cet insignifiant volatile sera la perte des Schtroumpfs!
CROÀÀ CROÀÀ!
?
Ce corbeau va enfin me permettre de réaliser ce que j'ai vainement attendu de toi!
Hahaha! Pas la peine de faire la tête, sac à puces!
Il réussira là où tu as toujours échoué, car il aura bientôt quelque chose d'essentiel que tu n'as pas!
Il aura LA PAROLE!
!?
1

Grâce à cette formule magique que j'ai achetée à un vieil alchimiste, ce corbeau, qui a l'air stupide pour l'instant, saura parler !
Je l'ai achetée ou je l'ai volée ? Je ne sais plus...
?
Bah, peu importe ! Bref, cet oiseau parlera...
Il ne lui restera alors plus qu'à s'envoler, survoler la forêt, repérer le village des Schtroumpfs, m'indiquer où il se trouve...
Et ma vengeance pourra enfin s'accomplir ! Tenez-vous prêts, les Schtroumpfs, j'arrive ! HA ! HA ! HA ! HA !
CROÂÂÂ... CROÂÂÂ !
Plus tard...
Et voilà, la potion est enfin prête !
Regarde, Azraël ! Le début de la fin des Schtroumpfs !
ZZZ...
!
Eeeeh ! Attention !
Miaôôôwww !
BAOUM
2

Maudit chat ! Tu as tout fait rater ! Regarde dans quel état tu as mis mon labo !
Et la formule est complètement détruite ! Je ne pourrai jamais reproduire l'expérience !
Cette fois, c'en est trop ! Je vais te transformer en crapaud couvert de pustules...
Ce n'est pas sa faute, c'est à cause de la souris ! J'ai tout vu...
!?
?
Qui... Qui est là ? Qui a parlé ?
?
?
Ben, c'est moi ! Qui voulez-vous que ce soit ?
!?
Il parle... Tu parles, stupide oiseau ! Mon expérience a réussi ! Je suis un génie !
Dites, vous pourriez surveiller votre langage...
Hahahaha ! Ces maudits Schtroumpfs n'ont qu'à bien se tenir !...
Des Schtroumpfs ? C'est quoi, ça ?
3

Pendant ce temps, loin de là, au village des filles.
Tu dois vraiment partir, Saule ?
Ne vous inquiétez pas, ce ne sera l'affaire que de quelques jours...
Le Grand Schtroumpf m'invite à la Grande Réunion des Magiciens qui se déroule tous les cent cinquante ans...
C'est un grand honneur que d'y être conviée...
La Schtroumpfette et ses amis resteront ici en attendant notre retour !
Gérez le village comme je vous l'ai appris, avec sérieux et maturité...
Et rappelez-vous que les décisions importantes se prennent au conseil à la majorité. Ne me faites pas honte !
Je n'aime pas les laisser seules. J'ai toujours une appréhension !
Comme je vous comprends...
4

Plus tard, loin de là...
Allez, mon fidèle serviteur ailé ! Envole-toi et trouve-moi l'emplacement du village des Schtroumpfs !
Alors, qu'est-ce que tu attends ? Vole !!! Ça fait des heures que tu restes planté là !
Mais qu'est-ce qu'il crôa, celui-là ? D'abord, je ne suis pas ton serviteur et puis, je n'ai pas du tout envie de chercher tes Schtroumpfs !
!?
Comment oses-tu me parler sur ce ton ? Je t'ai acheté et je t'ai donné la parole. Tu dois m'obéir, je suis ton maître ! C'est moi le chef, ici !
Le chef ? Hahaha ! Laisse-moi rire ! Même ton stupide chat se moque de tes ordres. Il me l'a dit hier soir...
!
QUOI ? Qu'est-ce que c'est que cette histoire ?
AZRAËL !
C'est vrai ce que dit cet emplumé ?
Viens ici !...
Et regarde-moi quand je te parle !
5

* Voir l'album 1 : "La forêt interdite".

C'est toujours la même chose avec toi, Fleur de Lys ! Réfléchir, discuter, encore réfléchir !...
Moi, je dis qu'il faut agir ! On y va, on leur casse la schtroumpf, on revient et c'est réglé !
Bien dit, Tempête !
Attention, les Grondins sont des bêtes dangereuses !
Réunissons-nous en conseil et votons, comme Saule nous l'a recommandé !
Bah ! C'est une perte de temps, mais si c'est ce que tu veux...
Plus tard...
Chères amies, nous sommes donc réunies pour débattre d'une question importante...
Pfff...
Doit-on attaquer les Grondins comme le suggère Tempête ?
Ouais !
!
Pourquoi attaquer ces pauvres bêtes ?
Elles ont schtroumpfé nos courges !
Qui dit que ce sont les Grondins ?
Qui veux-tu que ce soit ?
Très jolies, tes nouvelles lunettes !
?
Qu'est-ce qu'il y a à manger ce soir ?
Comment va le village des Schtroumpfs, Schtroumpfette ?
Quelqu'un sait ce qu'on schtroumpfe ici ?
Euh...
7

Hmm ! Je crois qu'il vaudrait mieux passer au vote à main levée directement !
Tout à fait d'accord avec toi !
Quelques instants après.
Alors, Bouton d'Or, qu'est-ce que ça donne ?
Je parie que j'ai largement gagné et qu'on a bêtement perdu du temps !
J'ai bien comptabilisé les votes de tout le monde...
Moins évidemment ceux de Miel qui s'occupe des abeilles et de Perle qui est malade... Ainsi que ceux de la Schtroumpfette et de ses amis qui ne sont pas du village... J'ai schtroumpfé le résultat par deux que j'ai ensuite...
C'est bon, Bouton d'Or... Donne-nous le résultat final !
Bref, c'est l'égalité complète !
!?
Plus tard, dans l'après-midi...
Grrr... C'est pas juste !
Tempête n'aurait pas dû m'accuser d'avoir triché !
Je suis sûre qu'elle regrette déjà ses paroles. C'est ton amie !
Tu es gentille, Schtroumpfette ! Merci de nous accompagner à la cueillette aux kakotiers !
J'avais justement envie de me promener dans la forêt !
8

Voilà le champ de kakotiers !
Youhouuu ! Il y a plein de cabosses !
Mais c'est du cacao !
Nous, on appelle ça du kako. On le boit chaud. Et avec du lait, c'est encore meilleur !
Oooh, oui ! C'est trop bon, le kako au lait chaud !
GRRRRRRRRRR...
!?
Des schtroumpfeurs de kako ! FUYEZ !
GRRRRR...
Vite ! Ils nous poursuivent !
GRRRR
Par ici ! Semons-les dans ces buissons !
POUF
POUF
POUF
9

?
!
?
!?
EEEHHHH!
Aïeaïe ouille!
OUCH!
Quelle chute! Au moins, nous avons semé ces bestioles!
PRRRRT
Bouton d'Or, re... regarde! Nous sommes au beau milieu d'un champ de champignons prouteurs!
PRRRRTT
?
!?
PROT
PRROUT
PRRRRT
PRRT
Des champignons prouteurs?
Si on respire leurs émanations trop longtemps, on dort!
Et il paraît même qu'on peut ne jamais se réveiller...
Dites, vous savez où je pourrais trouver des Schtroumpfs?
!?
10

Plus tard, au village...
La Schtroumpfette et les filles ne sont toujours pas rentrées. Jamais je n'aurais dû les laisser partir seules...
Rassure-toi, Schtroumpf Costaud, elles ne vont plus tarder !
Les voilà !
Tiens, elles sont accompagnées !
C'est bizarre, on dirait...
Un CORBEAU !?
Schtroumpfette, vous en avez mis du temps ! J'étais inquiet...
Et d'où vient cet emplumé ?
Euh... Attends, Schtroumpf Costaud...
L'emplumé espérait un accueil plus cordial !
!
!?
!
!
?
!?
Je n'ai pas eu le temps de vous le dire : c'est un corbeau qui parle !
11

Moi, je trouve qu'il a une drôle de schtroumpf !
Un corbeau qui parle... Franchement !
Ce n'est pas normal, quand même !
Moi, il me donne la chair de schtroumpf !
On ne l'avait jamais vu dans le coin !
Il nous a aidées à sortir d'un champ de champignons prouteurs !
Il nous a carrément sauvé la schtroumpf !
Demandez à la Schtroumpfette !
C'est vrai !
Et d'où il sort, ce drôle de coco ? Comment ça se fait qu'il parle ?
Aucune idée ! Est-ce que c'est important ?
Désolée, je n'ai pas confiance. Il ne peut pas rester au village.
!
?
Hum... Je vois que je ne suis pas vraiment le bienvenu...
Je crois donc que je vais aller me poser chez des gens plus reconnaissants...
Ce corbeau nous a schtroumpfé la vie. On ne peut pas le chasser comme ça ! Ce n'est pas toi qui décides et Saule ne serait pas d'accord avec ça...
NON ! Attends ! Ne t'en va pas !
12

C'est bon, faites comme vous voulez, mais ne venez pas vous plaindre après...
Ne fais pas attention à elle, Corbeau. Elle est toujours méfiante envers les étrangers...
Mais tu verras, une fois qu'on la connaît, c'est une véritable amie !
Tu as faim ?
Quelques graines seraient les bienvenues...
Mais c'est vrai, en fait... D'où viens-tu ? Et d'où te vient ce don de la parole ?
!
Tu ne parles pas un peu beaucoup, toi ?
Oh, c'est ce que les autres disent. Moi, je ne trouve pas. Simplement, j'aime schtroumpfer de tout et de rien...
Tu ne trouves pas que le temps est un peu schtroumpf pour la saison ? Je crois qu'il pleuvra demain...
Comment trouves-tu mon nouveau collier ?
!
Le lendemain, au petit matin...
Bonjour Miel, comment vont les abeilles, aujourd'hui ?
Elles sont nerveuses. Je suis sûre que c'est à cause de ce nouvel arrivant, tu sais, l'oiseau !
On doit aller schtroumpfer de l'eau au puits. On y va ensemble ?
Salut Bouton d'Or, tu vas voir ton ami le corbeau ?
Oui, tu veux m'accompagner ?
13

Euuh... merci, mais je le trouve un peu sinistre !
Bof, il ne faut pas se fier aux apparences !
Ah, le voilà !
Hého, Corbeau ! Tu as bien dormi ?
?
Hmm... Pas très calme, ce village ! Il y a eu de la musique tard dans la nuit !
Oui, c'est vrai que certaines aiment schtroumpfer la fête !
Grmmbll... Faut penser aux autres !
Ah, non ! Pas d'accord ! Aujourd'hui, c'est mon tour !
!?
On dirait que je ne suis pas le seul de mauvaise humeur ce matin !
Oh, ça... C'est Perle et Rosée du Matin !
C'est pas juste, Perle ! On avait dit chacune une semaine !
Oui, mais hier, c'était congé, donc ça ne compte pas !
Ça fait des semaines que ça dure... Et tout ça pour une paire de chaussures...
!
14

Un jour, la Schtroumpfette l'a oubliée dans notre village. Elle a dit qu'on pouvait la garder. Et depuis, Perle et Rosée du Matin se la disputent...
Pour régler ça, Saule leur a dit de la porter à tour de rôle une semaine sur deux !
N'est-ce pas, les amies ?
Attention, c'est le fameux Corbeau !
Bouh, qu'il est laid !
Salut Bouton d'Or ! Alors, c'est lui, ton nouvel ami ? Il paraît qu'il sait parler ! On pourrait avoir une démonstration ?
Hi ! Hi ! Hi !
Je peux même résoudre ce qui vous divise. Si vous ne pouvez pas vous passer de vos chaussures, pourquoi n'en portez-vous pas chacune une tous les jours ?
!?
Quelle merveilleuse idée ! Nous aurions dû y penser plus tôt !
Et puis, c'est très tendance de ne schtroumpfer qu'une seule chaussure !
BING
Aïe !
!?
Houlàlàà ! Taupe s'est encore schtroumpfée contre le poteau à linge !
15

Tout va bien, Taupe ?
Je ne sais pas qui place ces poteaux n'importe où ! C'est quand même incroyable !
Taupe est myope mais ne veut pas le reconnaître !
Pourquoi ne portes-tu pas des lunettes comme te l'a recommandé Saule ?
Je ne vois pas de quoi tu veux parler. Et puis, tu me vois avec les mêmes binocles que ceux du Schtroumpf à Lunettes ?
Et si tu te coupais simplement les cheveux ? Peut-être que cela suffirait, non ?
?
?
Quelques instants plus tard...
Et voilà le travail !
Magnifique ! Je vais enfin pouvoir me promener sans me cogner partout !
Je ne suis plus myope ! Je ne suis plus myope ! Lalilalalèèère !
T'es un petit malin, toi, hein, Corbeau ?
Si tu le dis...
PAF
!
Je suis sûre que tu pourrais nous aider pour...
16

Tiens, il se passe quelque chose !
Il manque à nouveau une courge !
Je vous l'ai déjà dit. Il faut aller botter le schtroumpf de ces Grondins !
Oh, tu ne vas pas recommencer, Tempête !
On ne sait même pas si c'est eux !
Et en plus, ils sont rudement costauds !
Et si on demandait à Corbeau ce qu'il en pense ?
!?
Vas-y, Corbeau, parle...
Hum... Eh bien, c'est une situation qui mérite réflexion !
Si j'ai bien compris, ces fameux Grondins dévastent vos plantations mais vous ne tenez pas trop à devoir les affronter...
Dans ce cas, pourquoi n'arrêtez-vous pas tout simplement de cultiver des courges ? Vous ne seriez plus embêtées !
QUOI ? Ridicule !
Moi, je trouve que ce n'est pas si bête !
C'est vrai qu'on n'aurait plus d'ennuis avec ces sales bêtes !
Et sans devoir leur faire la guerre... Il a de bonnes idées, ce Corbeau !
!
Nous, en tout cas, il nous a bien conseillées. Il a résolu notre différend !
Yep !
17

Vous n'allez pas écouter cet emplumé quand même !
Que celles qui croient ce qu'il raconte lèvent la main !
?
!
Moi, tu ne me trompes pas, le Corbeau ! Je t'ai à l'œil !
J'ai juste donné mon avis...
Tempête, attends...
Bande de cruches ! Faire confiance au premier venu !
Quelques jours plus tard...
Youhouuu ! Dis, tu n'aurais pas vu le Corbeau, aujourd'hui ?
?
Je crois qu'il n'a pas quitté sa hutte ! De toute façon, il n'aurait pas le temps...
Qu'a-t-elle voulu dire par là ? J'espère qu'il n'est pas malade !
18

!?
Salut, Corbeau ! Miel, la fille qui s'occupe des abeilles, aurait besoin de ton avis !
?
Eh là ! À la file, comme tout le monde !
Oui, ça fait des heures qu'on attend, nous !
Bzzzz
Bzzzzzz
Bouton d'Or m'a dit que tu pourrais peut-être m'aider, Corbeau ! Mes abeilles semblent perturbées et inquiètes !
Et c'est comme ça depuis un jour ou deux !
C'est la première fois que je vois ça !
Bzzzzzzz
19

Franchement, je n'y comprends rien !
CLAP
!
BZZzz
?
!
?
BZZzzzz
GLOP
?!
?!
Où... Où est passée Mireille ?
!
Mais c'est qu'il m'a bouffé une abeille, ce schtroumpf-là ! Entraîne ce monstre hors de ma vue avant que je ne schtroumpfe un malheur !
!
CANNIBALE ! ANTROPOPHAGE ! MANGEUR D'ABEILLES !
Pourquoi as-tu schtroumpfé cette abeille ?
Je ne vois pas de quoi tu veux parler. Cette fille raconte n'importe quoi, il faudrait l'enfermer !
Bon, tu m'excuseras, mais beaucoup d'autres personnes attendent d'avoir mon avis !
20

Les jours suivants, l'influence du Corbeau grandit dans le village...
Un bol de graines pour schtroumpfer un conseil, c'est le prix...
Mais certains mécontents s'organisent.
Merci à toutes et à tous d'être venus !
Mes amis, l'heure est grave !
Ce maudit Corbeau s'est sournoisement introduit dans notre village et a tourné la tête à la plupart d'entre nous...
Nous devons absolument chasser cet intrus d'ici ! Il finira par provoquer une cataschtroumpf !
Pourtant, il avait l'air gentil quand nous l'avons rencontré...
!?
GENTIL !? Ce monstre a bouffé Mireille !
21

Je suis sûr que mes petites insinuations vont vite se répandre dans le village !
En effet...
Il a raison. Pourquoi est-ce nous qui devons prêter nos huttes ?
Les Schtroumpfs devraient rentrer chez eux !
?
Et surtout qu'ils s'occupent de leurs affaires !
Que se passe-t-il ? De quoi vous schtroumpfez ?
Les Schtroumpfs doivent partir !
Et en plus, ils sont du côté de Tempête qui critique toujours tout !
C'est vrai !
Pour qui elle se prend, celle-là ? Toujours à vouloir commander !
Si elle aime tant ces Schtroumpfs, elle n'a qu'à partir avec eux !
J'entends déjà d'ici la douce musique de la médisance !
Il faut faire quelque chose !
Allons demander conseil au Corbeau !
TOC TOC
Et voilà ! Plus rapide que prévu...
24

Pendant ce temps, chez Tempête...
Donc, vous croyez qu'on ne peut pas simplement l'attraper, le schtroumpfer dans le goudron puis dans les plumes et...
Non, non ! Faisons ça sans violence. Il faut le discréditer aux yeux des autres !
Ainsi, il n'aura plus personne pour le soutenir et il finira par quitter le village naturellement !
Hmm... Ça m'a l'air un peu gentil, mais d'accord, nous suivrons ton plan ! Si ça ne marche pas, on repassera au goudron !
Chut ! Soyons discrets ! Ils ne doivent pas se douter que nous mijotons quelque chose !
!?
!
25

Tempête, il faut qu'on parle !
Ouaip ! Il paraît que vous complotez !
!?
VLAN
!?
Nous avons été trahis, nous sommes découverts !
Alors, sortons et schtroumpfons chèrement nos vies !
Euh... Moi, je pense que nous devrions nous rendre et collaborer !
Ne pouvons-nous pas simplement discuter ?
Ils se sont retranchés ! C'est un aveu...
Allez schtroumpfer une hache !
OUVREZ ! Mais ouvrez donc cette porte !
BOM BOM
Va voir s'ils n'essaient pas de fuir par derrière !
!
Par ici ! La fenêtre est ouverte !
!?
BONK
26

Elles attraquent la porte à la hache. Ça va être la curée...
Vite ! Par ici !
Doucement ! Il s'agit de ne pas attirer l'attention !
Dépêche-toi, Miel ! Tu nous ralentis !
Eeeh ! Attention, tu schtroumpfes ton pied sur mon chap...
OOOOH !
Chut !
?
Attention ! Ils essayent de s'enfuir par le bas !
!
27

Bravo, Schtroumpf à Lunettes ! J'avais dit "doucement" !
Euuuh... C'est la faute de Miel, n'est-ce pas !
Eh ! Oh ! C'est toi qui m'as schtroumpfé sur la tête !
Nous n'avons plus le choix, maintenant ! Elles seront en bas avant nous ! Il n'y a plus qu'une chose à faire...
Ayez confiance, faites comme moi !
KAYAAAA
!
?
!?
!
BROUF
Glups ! Est-ce que j'ai bien vu ? Elle a sauté ?
Vous êtes vraiment sûrs de ne pas vouloir vous rendre ?
Bon, je ne sais pas vous, mais moi...
KAYAAA
Ils ont sauté dans un buisson ! Je ne les vois plus...
Là-bas ! Regardez, les voilà !
28

Ils s'enfuient ! Ils vont se schtroumpfer dans la forêt !
Vite ! Il faut les rattraper avant qu'ils ne disparaissent !
Ils sont partis par là !
Schtroumpfons deux groupes ! Ils ne doivent pas nous échapper !
Mais malgré d'intenses recherches...
... les fuyards restent introuvables.
La nuit va tomber, nous ne les retrouverons pas !
Tant pis ! Qu'ils aillent se faire schtroumpfer ailleurs...
29

Cette nuit-là, quelque part dans la forêt...
Qu'allons-nous faire maintenant ?
À cause de ce corbeau, nous sommes devenus des fugitifs. Il a pris le contrôle du village et a monté nos amies contre nous...
Mais pas question de les abandonner à cet usurpateur !
Qu'est-ce que tu proposes ? Plus question pour nous d'approcher le village, nous serions immédiatement capturés !
C'est pourtant exactement ce que nous allons faire !
!?
Co... Comment ?
Tu es folle !?
Réfléchissez ! Au village, elles pensent probablement toutes comme vous !
Jamais elles n'imagineraient que nous oserions revenir. Elles nous croient en fuite, c'est donc le meilleur moment pour agir et frapper fort !
Mmmh... Pas bête !
Pas bête du tout, tu veux dire ! Allons faire payer ce monstre pour Mireille !
30

Plus tard...
RZZZ
RZRR
C'est bien ce que je pensais ! Les sentinelles dorment... comme d'habitude !
Suivez-moi en silence !
?
Tu... Tu n'as rien remarqué ? Il m'a semblé entendre quelque chose !
ZZZZ Hein ? Qui ?
Où ça ?
Où ça ?
31

J'ai même cru voir comme des petits buissons qui avançaient...
Des petits...? Pfff ! Tu ne crois pas que tu étais en train de rêver ?
Qu'est-ce que tu insinues ? Que je dormais ? Est-ce que ce n'est pas toi que j'ai entendue ronfler ?
Hein !? Moi ? Mais pas du tout !
PFFF...
Hi ! Hi ! Je crois que nous pouvons y aller !
Attention ! Schtroumpfez-vous !
TCHOK
Attendez, je vais voir si la voie est libre !
C'est bon ! Vous pouvez schtroumpfer ! Elles sont parties...
32

Vite, avant qu'elles ne reviennent !
Suivez-moi !
Voilà la hutte du Corbeau !
Cet idiot d'oiseau se prend pour un Schtroumpf et vit dans une hutte ! Il paraît même qu'il dort dans un lit...
?
?
Alors, résumons : on s'introduit en silence, on le surprend dans son lit et je l'assomme avec une de mes flèches ! Une fois à notre merci, il aura perdu toute influence sur les autres...
iiiiiiiiiK
La tête qu'il va schtroumpfer !
CLAC
CLAC ?
!?
33

Un filet ! Nous sommes pris au piège !
Ils nous attendaient !
J'avais dit, moi, que ce n'était pas une bonne idée, n'est-ce pas ?
Eeeh oui ! Tel est pris qui croyait prendre ...
!
Grrr... Maudit oiseau de basse-cour !
Attends un peu que je...
OUCH !
PONK
34

Le lendemain...
Ah ! Tu te réveilles enfin !
?!
!
Il était temps, le procès va bientôt commencer...
SILENCE ! Son Éminence le Corbeau va schtroumpfer !
BAM BAM
Tout ceci est-il bien normal, Bouton d'Or ?
Je... Je n'en suis pas très sûre...
Chut !
Je déclare la séance ouverte !
Lisez l'acte d'accusation !
Les prévenus sont accusés d'être de mauvaise foi, d'avoir comploté contre le Corbeau, d'avoir dit qu'il mangeait des abeilles et aussi de plein d'autres choses...
Hum... Merci ! Avez-vous quelque chose à dire pour votre défense ?
Je... Glups !... Je vous assure, Votre Honneur, que nous n'avons... enfin que JE n'ai jamais cherché à schtroumpfer votre autorité et...
Tout ceci n'est qu'une parodie de justice !
Vous ne me laissez pas le choix...
35

Je me vois donc obligé de vous déclarer coupables ! Vous serez chassés du village avec interdiction d'y revenir...
OOOooOOHHHH !
Et... Et mes abeilles ? Qui va s'en occuper ?
Veuillez appliquer la sentence immédiatement ! Qu'on les emmène...
STOP !
Je ne suis pas d'accord !
Vous ne voyez pas ce que ce corbeau essaie de faire ? Il veut nous dresser les unes contre les autres...
!
Tempête est l'une des nôtres et sa fidélité à notre village ne peut être mise en doute !
C'est vrai !
Et les Schtroumpfs sont nos amis, nous ne pouvons pas les chasser ainsi !
Qu'est-ce qui te prend, Bouton d'Or ? C'est toi qui as amené le Corbeau au village !
Je suis très déçu !
36

Capturez ces deux-là ! Qu'elles soient bannies avec les autres...
Désolée, Bouton d'Or ! Encore une fois, tu as trop parlé !
Vous... Vous n'allez pas lui obéir ? Jamais Saule n'aurait accepté ce qu'il se passe !
Elle a raison !
On ne peut pas rester sans schtroumpfer !
Alors, EN AVANT ! Libérons nos amis !
!
37

KAYAAAA !
Sus au tyran !
C'est inutile ! Vous n'avez aucune chance !
Par ici !
PAF
Tiens ! Schtroumpfe ça !
PIF
Vous voilà libres, les amis !
TCHAC
Merci, Bouton d'Or !
Voici ton arc, Tempête !
On va bien s'amuser !
ATTENTION !
!
Hé là ! Les prisonniers se schtroumpfent !
Et de une ! KAYAAA !
POK
38

Ha ! Ha ! Ha ! Tenez-vous bien, je suis de retour !
Mais Tempête ne se doute pas qu'elle vient, sans le vouloir, de provoquer une catastrophe plus grande encore...
Car la torche a tôt fait de mettre le feu à quelques feuilles sèches...
... qui se communique aussitôt à un tas de vieux bois...
Inconscients du danger, nos amis continuent de se déchirer.
BZZzzzzz
Allez, mes fidèles abeilles ! Vengez Mireille !
BZZzzzz
BZZzzzz
BZZZzzz
Eeeh ! Je n'ai rien à voir avec ça, moi !
BZZzzzz
Hum... L'affrontement ne tourne pas comme je l'espérais !
Il serait peut-être temps d'envisager une retraite prudente et d'aller voir ailleurs...
!?
TEMPÊTE ! Le Corbeau s'enfuit !
Oh non, mon petit bonhomme ! Pas question que tu t'en schtroumpfes comme ça !
39

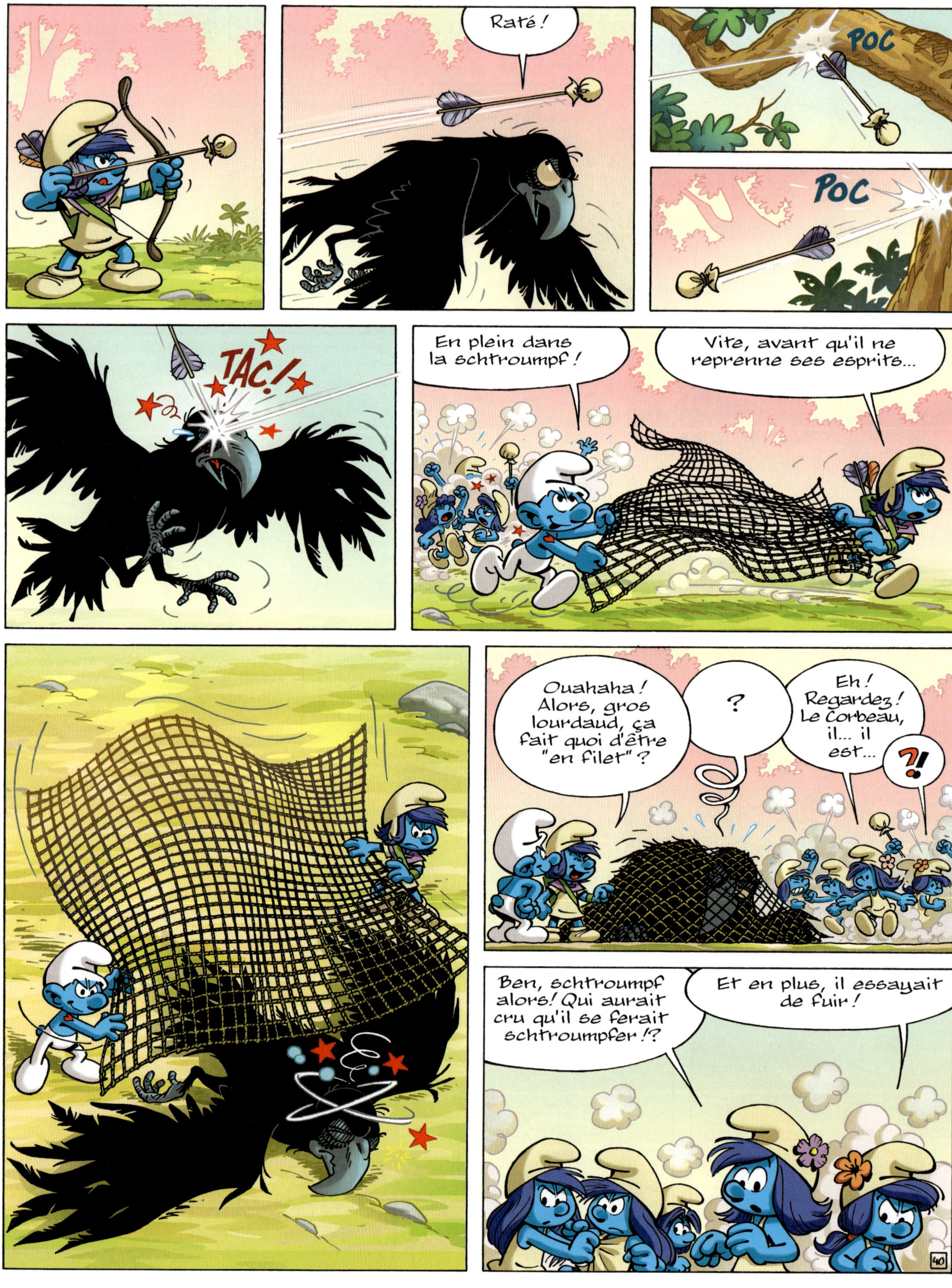
Raté !
POC
POC
TAC !
En plein dans la schtroumpf !
Vite, avant qu'il ne reprenne ses esprits...
Ouahaha ! Alors, gros lourdaud, ça fait quoi d'être "en filet" ?
?
Eh ! Regardez ! Le Corbeau, il... il est...
?!
Ben, schtroumpf alors ! Qui aurait cru qu'il se ferait schtroumpfer !?
Et en plus, il essayait de fuir !
40

À le voir comme ça, on se demande comment on a pu l'écouter !
Oui, il a l'air tout penaud...
SNIF SNIF
?
!?
Alors, Corbeau ? Tu as perdu ta langue, on dirait...
AU FEU !
?!
?
Au feu ?
Comment ça ?
LE VILLAGE BRÛLE !
!?
41

Vite ! Schtroumpfez la chaîne depuis la rivière ! Apportez les lianes-tuyaux !
Elles sont toutes percées ! Qui devait les réparer ?
Euuh...
?
Merci, Schtroumpf à Lunettes, de m'aider à sauver mes abeilles !
Avec plaisir, Miel, mais peux-tu leur demander d'arrêter de me piquer ?
Hiiii ! Ma hutte est en feu ! Ma collection de robes part en fumée !
Arrête, Tempête ! Le feu est trop violent, on ne peut plus rien schtroumpfer !
PSCHHHiiiii
Le village est perdu ! Allez, viens...
Quelle cataschtroumpf !
Qu'allons-nous dire à Saule ? Nous avons schtroumpfé sa confiance !
42

Plus tard...
Il me tarde de revoir les filles !
Je vous envie, Saule ! Moi, quand je reviens de voyage, je ne sais jamais dans quel état je vais retrouver le village. Mes petits Schtroumpfs sont parfois tellement immatures !
C'est vrai que je leur schtroumpfe entièrement confiance. Elles sont, en général, très sages et responsables.
Tiens !? D'où peut bien venir cette fumée ?
Mais...!? Mais... C'est une cataschtroumpf ! Le village est complètement schtroumpfé !
Tout le monde va bien ?
Que s'est-il passé ?
Désolée, Saule ! C'est en partie de ma faute !
Ne dis pas ça, Tempête. Tout ça, c'est à cause de ce maudit Corbeau !
43

Un corbeau ? Quel corbeau ?
Celui-là !
?
Quelques explications plus tard...
Un corbeau qui parle ? Je n'avais jamais rien schtroumpfé de pareil !
Moi non plus ! D'où peut-il bien venir ? Et que fait-il chez nous ?
Eh bien, puisqu'il parle, il n'y a qu'à le lui demander...
Dis-nous, Corbeau, qu'es-tu venu schtroumpfer ici ? Qui t'envoie ?
Bah ! Cet imbécile de sorcier et son stupide chat auraient bien voulu que je leur révèle l'emplacement de votre village. Mais moi, j'avais juste envie de trouver un endroit où je serais choyé comme un coq en pâte !
!?
GARGAMEL ! Bien entendu ! Qui d'autre...
Cet ! de Gargamel ! Un jour, il faudra que je lui casse la schtroumpf !
Qu'allons-nous faire, Saule ?
Qu'en pensez-vous, Grand Schtroumpf ? Vous connaissez mieux que moi cet individu...
44

J'ai une idée ! J'ai l'habitude de rendre à Gargamel la monnaie de sa pièce ! Je propose donc de lui renvoyer le corbeau tout simplement !
?
Pour ça, j'aurais besoin de vos connaissances ! Voici ce que nous allons schtroumpfer... Bzzz... Bzzz...
?!
Ha ! Ha ! Ha ! Vous êtes un comique, vous !
Au boulot, les filles ! Schtroumpfez-moi une marmite encore utilisable !
Ainsi que des racines de mandragore !
Quelques graines d'hellébore et des fleurs d'anis...
Nous allons schtroumpfer une petite farce à notre "ami" Gargamel !
Peu après...
Voilà, c'est prêt !
Tiens, Corbeau ! Bois ça et nous te rendrons ta liberté !
?
Glou... Glou... Glou...
Il va en faire une tête !
CROÂ ?
CROÂ ? CROÂ ?
?!
Schtroumpfez-lui ses liens !
45

Sans l'usage de la parole, il n'est plus dangereux ! C'est redevenu un vulgaire corbeau !
CROÂ CROÂ
Comment savez-vous qu'il va se rendre chez Gargamel ?
Il n'a nulle part d'autre où aller !
En effet...
Tu vois, Azraël, ne t'avais-je pas dit que notre ami le corbeau finirait par revenir !?
Tiens ? C'est quoi, ce petit papier accroché à sa patte ?
Très cher Gargamel, Nous te renvoyons ton corbeau car nous n'en avons plus besoin ! Le Grand Schtroumpf
Tu as trouvé le village des Schtroumpfs, maudit volatile ? Dis-moi où il est ! Allons, parle !
!
CROÂ ! CROÂ ! CROÂ !
?
RÂÂÂÂH ! Ces maudits Schtroumpfs se sont encore moqués de moi ! Mais je trouverai le moyen de te rendre la parole, stupide corbeau ! Et je me vengerai !
CROÂ ?
FIN
Faut-il vraiment que nous abandonnions le village, Saule ?
Rassurez-vous, nous trouverons un autre endroit où en fonder un nouveau !